fernando naporano

Com sol em Peixes e ascendente em Escorpião, registra sua existência em tempo elástico. Escreve poesia desde a infância. Tem dez livros publicados em países como Espanha, Portugal e Inglaterra. É músico, jornalista e professor. Publicou críticas, ensaios e entrevistas nos maiores veículos da mídia brasileira por 25 anos. Executou vários trabalhos em rádios, televisão e companhias discográficas. Também pilotou a cultuada banda Maria Angélica Não Mora Mais Aqui, com a qual gravou três Lps. Sem raízes, cidadão do mundo, já viveu em Los Angeles, Madrid, Lisboa, Lanzarote e Londres.

FOTO: CAIO AUGUSTO BRAGA

COCAÍNA, FALÉSIAS & BONECAS

fernando naporano

[ilustrações]
alicia burrieza zapatero

editora Urutau
primeira edição
2022

O —

editora Urutau

avenida peirao besada, 6 – 2D
36163 poio-pontevedra
(espanha)

rua cajus, 478
jardim das cerejeiras, cotia — sp
brasil
06724-015

[+55] 11 94859 2426 [brasil]
[+34] 644 951 354 [galiza]

www.editoraurutau.com.br
contato@editoraurutau.com.br

[EDITORA]
debora ribeiro rendelli
[REVISÃO]
ayrton badriah
[PROJETO GRÁFICO]
wladimir vaz
[COORDENAÇÃO GRÁFICA]
tiago fabris rendelli
[DIAGRAMAÇÃO]
victor h. azevedo
[ILUSTRAÇÕES]
alicia burrieza zapatero

dados internacionais de catalogação na publicação (CIP) de acordo com ISBD

	naporano, fernando
N216c	cocaína, falésias & bonecas / fernando naporano. — cotia : urutau, 2022.
	104 p. ; 14cm x 19,5cm.
	ISBN: 978-65-5900-273-3
	1. literatura brasileira. 2. poesia. i. título.

2022-1622 CDD 869.1
CDU 821.134.3(81)-1

elaborado por vagner rodolfo da silva - CRB-8/9410

sumário

CAPÍTULO PRIMEIRO:
A VENDEDORA DE TRAPOS & AS ILUSÕES DO MARUJO

CAPÍTULO SEGUNDO:
A SERVENTIA DOS TRAPOS & AS ILUSÕES DOS BARCOS

CAPÍTULO TERCEIRO:
OLHOS DE TRAPOS & ILUSÕES DO MAR

CAPÍTULO PRIMEIRO: A VENDEDORA DE TRAPOS & AS ILUSÕES DO MARUJO

Estética Freudiana Para O Varal Desocupado

Camaleão-p(r)adaria
Vínculo-regresso
Cartórios-depilação
Cadeado-Epílogo
Caixão-espetáculo

Uma veloz *Romi-Isetta*
– desde 1956, isso! –
havia explodido,,,
narinas adentro
fauna da respiração branca.

O Lado Invertido & Circunvexo

Abro o rosto ao gemido do granito-transparente
pertenço tão somente à escuridão obtida;
do grunhido do grafite faz-se um túnel
o branco é atravessado até enegrecer
o laudo do outro lado indica corrosão;
a surdez enfim plasma-se em ódio
com ódio e mais ódio dos tudo-todos.

O Orgasmo Das Minhocas

Naqueles minutos com o bico na terra
não havia nada mais que *Rain And Tears*
e sei que poderia escutar essa milagrosa canção
até o peso da cor palpitar no Absoluto.

Amaria morrer estancado naquela melodia
de palavras suadas debatendo-se por dentro
o coração cinematograficamente de pé
a banhar-se com as ramagens da cocaína

driblando o céu

Rito Sem Passagem

Sinopse de acalanto desfigurado
mutilado odor de ciladas
salgado arenal de sândalo
vândalos (!), os buracos do branco
santos (!), os que, azuladíssimos, morreram
sem dizer mais nada.

Irina, Eternidade, Erosão

De tudo-aquilo, Irina, ficou só isso
viço sem lugar, bueiro de geleia, chaves & adeus

Quem fomos nós quando não havia mais sol?
Quão nosso é o sabão em pó que lavou a fronha?

Soubemos perder juntos, a fundo
tudo que a noite não nos concedeu em separado.

Ao-mais-que-isso, Irina, restou o castelo de cartas,
farsas que contemplo com o riso das amebas.

Quem nos matou antes do quanto-antes?
Sempre-tanto era então o lema dos beijos pisados?

Eu ainda respiro o cílio, onde, retraído, piro
Mito és agora no sentir em recinto proibido.

Um Escorpião No Cabo Das Tormentas

Havia o Delírio, somados os dias-em-droga;
– o beija-flor devorava dálias, nuvens e cílios –
a velocidade descia pelo mapa aberto da África,
ela estava sozinha como alcatrão a derreter;

ao (es)correr em Joanesburgo :
um escorpião
a atingiu
em cheio.

Olhos De Barro

A admiração transparente
a serpente sem sempre
ladrilhos de susto enfim,
sim, isso nega a parede.

A conquista dos obstáculos
tentáculos sem polvo
esguio pescoço do poço,
não era, agora, ferro-verbo.

Mitigação Da Cor (Arquitetura Do Ventre)

A torre. De cerejas. De cicuta.
lampiões sem rua ao suor dos sentidos
telhados de purpurina com teclas de Keith Tippett
terraço de mercúrio a voar com o vento debaixo do braço
portas, podres portas, com Mães-Viço ninhando bonecas;
o cimento é o igarapé febril que conduz a cocaína__________

_____ em terra firme _____
quando essa
tira suas roupas
> > > > > para desaguar no (es)paço
A.z.U.l

Afirmação Da Transparência

O Sim sem tudo aquilo ou isso
o grito ereto fitava o oceano
as falésias eram agora miragens
em lábios de vísceras abstratas
em unhas de ossos de vapor

o corpo foi e está todo coado.

Limiar Do Sono,,, Em Proto-*Overdose*

Caravela-capacete
ciclones-pedra-pome

Anisete amarelíssimo em ofegância
Ofegância-anisete em amarelíssimo
Anisete. Amarelíssimo. Ofegância.

Tumba-tesouro
Trajetos-pedra-sabão

Não ir.
Não voltar.
Ir + Voltar.

Soluços. De. Tinta. Gelada.

Gothic Seredenpity

Cúpula negra por muito dentro do olhar
barômetro calcinado por cera de velas
a miséria do *tabacouro* perdera sua coloração
ardia a falta de requinte para com tudo
os cavalos do silêncio propunham a Síncope
a expansão do verbo Perder socava os portais
havia túmulos para as peripécias do Desejo

esse cenário incinera-se, de súbito, para haver
o despertar dos corvos.

Procissão Do Cosmos

A igreja latia ajoelhada
as cruzes se separavam de Deus
a preço de sangue, a abóbada, rendia-se

Santa Teresa De Ávila zarpava no feno azul celeste
milagres dançantes perfuravam a carne da cocaína
havia a lança do delírio no interior das ameixas

Eu segurava uma boneca para o além-sempre
a fé amadurecia, jubilante, a evadir-se cintilante
o mundo que não existe foi, depois, o lilás inventado

O Fadário Da Adição

Fomos, devagar, a sílaba do infinito
na-né-ni-no-não exprimiu a criança de 7 anos

Ela é agora a inocência do quase-foi-canto,
o barranco, onde brincando, parti a pena da sorte

Sabíamos que apenas havíamos ressuscitado
mas que o fosso da morte ainda era a própria morte

Anotação Do Olhar Fitando Uma Boneca Verde De 1959

Fosfóricas emoções de quem quer desaparecer
– vibrai, oh gargalhada de leão-girassol –
por hoje, peço essa canção para morrer lentamente,,,
dando-me o direito de ignorar a estiagem da luz.

Gramática Do Alcaloide

Sabão-compostura (:)
Tombo-aplauso (!)
Fratura-resignação (...)
Cura-Dissipação (~)

Nunca, nunca mais haverá rasuras no silêncio.

Tudo é muito cimento a arder sem explicações.

Para-jamais quaisquer cortinas da realidade.

Compostura. Aplauso. Resignação. Dissipação.

Vozes Das Vísceras Encantadas

Saliências selváticas do desespero
erupções botânicas do mar-em-riste
esculturas de groselha plasmam adentro
as veias com espinhos de espinhos,,,,,,

os dromedários
de porcelana
                    não são
                              enfeites

Emissões Da *Overdose*

Medo de emitir quaisquer ruídos ou indícios
Medo de ouvir a nua música dos átomos
Medo da janela com a rua nos olhos
Medo dos fósforos de cada passo
Medo da cocaína acabar antes de enlouquecer
Medo dos espelhos que escondem mariposas
Medo de deixar a alma escapar dos cabelos
Medo da paranoia com as suas asas invisíveis
Medo das vitrines inexistentes dentro do quarto
Medo das pirâmedes que habitam minha lixeira
Medo das flores porque aqui não há nenhuma

Medo de morrer ainda hoje
sem ter conhecido
o sangue do minério
ou simplesmente Málaga

Do Escuro Ao Negrume

Cataratas de silêncios verdes em catacumbas
é de vil petróleo-de-vidro o desencanto
resoluto rosto eremita arde em cravos,,,,,,,,,,,,

retirar-se é a arte da fibra descontínua (!)
destarte, o poema é uma rocha fechada
a chave da escuridão explode em Branco :

santo-vapor de nuvem domesticada!

Gamão Jogado No Deserto

Simulação-atadura
aritfício-águia
despropósito-além

(o conflito vem dos ossos
finge ser aranha voadora;
a perda fuma cigarros inesgotáveis)

Além do despropósito, além
a águia transporta o artifício, sim
atadura na simulação :

dos nervos em laços de neblina.

Agnus Dei, após Samuel Barber

Eram então as margaridas de pedra?
do perfume incapaz jorrava a Raiva
da rigidez nascia a claridade selvagem
da ternura *brancamarela*, a seiva-espelho
do inodor florescido, os capatazes do Ódio.

Quão ainda em flor o dever de matar?
da impossibilidade infecunda, a esperança
do pavor, transmudam cílios em chamas
do pétreo desejo, arteriais membranas de farpas
do Ódio florescido, os capatazes,

ainda um dia

escaparão

da sacralidade

ainda-música

Sem-Sim

Safira-Sahara
selenium-sintoma
sul-sempre
ser-sulfato
soma-sedação
solilóquio-selo

Fotografia Em Alto Mar Do Jogo De Amarelinha

Por tanto-e-pranto repousar em falésias
– calado na altitude cósmica da cocaína –
conseguia dormir com o oceano nas mãos.

Tornou-se tão fácil perder a maturidade
– ser de novo a boneca que merecia ter sido –
até dar-me conta do quão líquido sou agora.

Diatribe Dialogue Devil

A coerência da autodestruição sabe voar,
aeroplano de cobre muito velho em aparência,
essência de tiroteios nas vielas sem cabeça;
há tanto barro na exatidão do desespero
porcelanas arcaicas a enfeitar hemorragias;

trata-se de um homem que quer morrer e não morre
a serpente de carvão, em vão, transformada em cimento.

Ninho De (S)a(la)mand(r)a(s) Sobreposta(s)

(E)moções de lam(prei)a condenada
raciocínio-linguado aos pés do mar
lacrados os lábios das portas (///)
Irina é o (enigm)a do *poemanfíbio*
(in)estimável o (dest)erro das lamparinas
tudo são (qu)a(r)tos de água verde (_ I _);
com (pa)redes faz-se a soma fatal,
o (nú)mero invertebrado dos sentidos.

Destituição Da Queda

Galope dos abismos
a (velo)cidade do desespero
não tem cor.

Abismos em galope
a (veloc)idade da cor
ritualiza o silêncio.

Rota Em Feltro De Piche

Dos caminhos, (man)tenho (de) rimar :
(jav)ali, (desde)aqui, (nitr)ato-de-ti
com
veneno(arte), co(e)l(h)o, (d)esti(no)o

Resulta
a (in)ação
a (i)lógica
de amoníaco,

a (tr)égua do Kalahari
a convicção sem direção
sem (man)eira
ou com (b)eira

de(este) .... (pros)seguir

Sob(bre) A (F)agulha Centrífuga

Atracado entre dois (b)an(c)os,
sinistros de tão (perd)idos
na (p)raça sem (ja)ela, sem tel(h)a
onde o (lam)pião (rodo)pia,
faz um (macam)búzio-clarão

ao (ne)g(r)ume
                    azul
                            da
                                Solidão.

CAPÍTULO SEGUNDO:
A SERVENTIA DOS TRAPOS
& AS ILUSÕES DOS BARCOS

Seta Freudeana No Varal Para Pregar-se O Indefinível

Cabo-rotina
Tropeço-começo
Raiva-anilina
Dissipação-firula
Alvo-Enfim

Tudo foi lançado
– cocaína na piscina –
vai-se muito ao longe
prega-se em horizontal
remos sem barcos

Polaroid Do Ritual

Acordar-se. Em.
Ao meio. De uma noite.
Não importa.
Nada faz diferença mais.

Pega-se o potinho.
Quase cheio.
Duas gramas. E tal.
O prato. Ou.
Qualquer madeira.
Quiçá, um livro.
Superfície plana.
Lâmina de barbear.
Uma nota. Ou canudinho.

Coração. Bate. (Rebate.) Corre.
Voa. Galopa. (Entorta.) Rápido.
E as carreiras
                    nem estão esticadas.
                                        Ainda.

(mas corre, bate, coração.
Rápido, galopa, voa.)

Quatro ou cinco.
Largas carreiras.
Ah, sim.
Três, cinco, sete tiros num gole só.

O carrasco da terra sou eu mesmo.
A vida de costas, prefácio do Fim.
Chicotadas salgam a brasa de escuridão.
Eu mesmo, da terra, o carrasco (serei).

Me acabo me acabo me acabo
falo dos ventos verdes
dos trancos indecentes

de acordar
onde
nada mais faz qualquer diferença

neverbloodymind.

era o meio da noite.

Deveras
e daí?

Crânio Em *Ourovíparo*

Desespero-querosene, fica (!)
nuvem-*calçadalada*, zarpa (>>>)

Silhueta/Centrífuga/Sem Eixo;
triunfo. do vendaval. sem Ar.

Desolação, pastel e cocaína.
Terremoto. Fuinha & Asfixia.

Isolamento dentro da prata,
púrpura-língua
da
Destruição,
fundamente,
íntima
.

Fibras Dos Gnomos De Gesso

Nos instantes de fogo gelado chispava em jardins
sem imaginar mais que caralhos fazer da vida

Jardins quiméricos, devo confessar claramente
com fluxos e refluxos de fantasmas de luxo

Gnomos ornamentais entram inteiros dentro de mim
como se fosse eu, o brilho da grama lírica

O fogo ainda mais gelado era a ferramenta-infinito,
ilha da loucura-branca na desordem dos pés

Ferroadas expansivas depositavam meu olho no céu
enquanto sentia a derme dessas criaturas de gesso

Era a festa a fundir-me na terra luminosa
eu tremia feito o lírio da infância a esperar,

a cantar,
o desmoronamento da lua.

Peripécia Das Ruínas

Fomos cruxificados por nós mesmos, não é verdade?
Tínhamos o medo maior que o medo podia enlaçar.

Não, não, Irina, não era para tanto, enfim
assim-entretanto, dissemos, juntinhos, Fim.

Acho um tremendo charme termos então virado
isso, um achado de cinzas & anjos assassinados.

Fel Dos Ossos Sob Reflexo

Lágrima-gasolina
Sombra-bronze
/ a certeza da luz de papel /

Pé-canteiro
Pedra-Cetim
/ sólida a claridade em migalhas /

Ira-Cipreste
Pátria-piche
/ precisa planície do breu /

Estamos---destruídos
Fomos   menores
sem tudo // em mais nada

A Figueira Do Remorso

Isopor de salitre roxo goela abaixo,
escoa a cacofonia do pavor ressentido,
vibra a indecência dos Sapatos Do Medo...
tantos caminhos que levaram ao nada (.)
(assim cedo e sendo)
Que eu percorra o adagio já sem cordas,
como luxúria do castigo
como queixas do remanso
como astro sepultado,
assoprado
nos clarões
da escuridão despropositada.

Armadura Da Droga De Alumínio

O delírio remava em marcha-ré
– sempre foi isso e tantíssimo assim –
numa canoa de vidro cheia de bonecas;
a infância (im)plantava duas pupilas de águas
precisava deveras brincar ao contrário da vida
de fato, a beleza desagua no Imponderável

eu não envelherecerei jamais, por fim
porque tal fardo, ora, não tem graça nenhuma.

Sem Senão

Semiramis-serigrafia
Serrar-selar
Som-semblante
Soterrar-soma
Solavanco-sopapo
Surtar-Sim

Quase-ode (ao poeta) Em Exílio

Esses hábitos em dormir em bancos de praças,
segurar, chorando, uma boneca na baía da luz
ou deduzir que o corpo já é uma falésia ao mar
são trajetos e trambolhos, dignos ou signos
de um Álvaro de Campos ,,,,,,, fulminadíssimo (!)
que houvera trocado o pensamento vertical
por corpóreas ascensões boreales, horizontais,

aos abismos,
                    cismos das vontades partidas
                    de riscos ou figos
                    em morrer
                    rindo, rindo muito da existência.

Ação. Ao Não Pertencer.

(A morte é do outro

dizia a cigana ao repentista)

De fora para muito dentro
não, não há composição
ninguém leu as linhas
da partida, do firmamento, da mão

Assim não podemos mais morrer
enquanto a cigana ficar a derreter-se
até ser mercúrio-percurso
nos pés sem sola do repentista

(A. outro. é. morte.)

(cigana-repentista... dizia)

Ralph Vaughan Williams Circunscrito

Com as *Cinco Variantes* de *Dives And Lazarus*
sumo nas aptidões e brônquios da cocaína
os tornozelos afundam nas zonas primitivas das entranhas
o nó da respiração estica-me, calcina-me
arborescência esculpida por dádiva de arritmia

Aqui é o espaço desaparecido
a matriz furiosa a ceifar os dias
o gesto final de um conto de fadas húngaro
com bruxas enormes cozinhando corações
a radiação primal em plantações de ovelhas

O idioma do sumiço estrangula-me, alimenta-se
há mortos muito vivos que voltam a morrer
pérolas libertas que regressam às ostras
não há mais nenhum drama que passe na agulha
a música circunscrita rodopia nas asas em chamas

Arsênico Em Riste

Eram absurdas todas as rotas,
frotas e fraldas dos ferros que envelhecem;
as escamas do horror têm cicuta nos lábios (!)
as patas do destino suam a rastros;
de ninguém sou isso tudo e mais nada
me despeço ...
                              porque aprendi,
                                                            aprendi sim,
a me despedir.

Febre Ao Ninguém De Si

O medo dos ruídos vem de fora
paranoia-mentol na íris do silêncio
respiração com múltiplos gatos inexistentes
o fantasma da droga em lama de cetim
existência esvaziada a fel e força
sejais o derrame-flecha, o encanto do sono

no sono mais agudo da areia
que começa ...
a falar!

A Cal No Ventre Da Chuva

Olho a essência, daqui, ali, desta falésia;
deveria mascar palavras ou proximidades?

Iri, qual era mesmo o nome das tuas mentiras?

Vamos nos ver. Ainda?
Eu apenas peço a cal do remanso :

Não ouses, amor, por favor
dizer quem fui ao enfim do fim____________.

Convulsão Esférica

Alucinar-se a jato dentro de si mesmo
fogueiras de cristal no incêndio do limite
a mão mais que alva da droga no coração
vidros em flor abrem avenidas de geleiras
coices na planície do sangue já em sangue
arremates precisos para nunca mais regressar
prazer canibal do vício sem mais frequência
clarão avassalador da água cega a boiar
carpas, excesso de carpas
                                        em meus olhos
                                                            sem mundo

Retrato De Cavalo.
Dentro Do Sangue.

Aflição que entenebrece o brio do brilho,
percorre-lebre a pisar lebistes & pêssegos,
distila-febre a apagar a síntese do gesto,

{instala-sela a galopar a/
ter/
ran/
do/
-/
onde-tanto}

a destreza
inala
a bula
{da pedra.
.}

Magia. Negra.

Os condenados brilham nas ratoeiras;
surubas de desgraças edificam a igreja de queijo
no escuro impassível há ratos de alecrim,
herbáceos demônios com caudas de pus,
a deixar tatuagens de barcos vazios
para culpar o feitiço da condenação.

Quem dera ter sido, tu, Irina, a ratazana-fada

que ocultou o significado do destino.

Autopsia & Vapor

Maior que tudo era o cérebro roxo entre os dedos
tal crepitar-alface sem diretrizes ou desvios,
sem matizes, manifestos ou matagal,
algo a derreter na alquimia de certos Bárbaros
que só mesmo existem na demência
de saudosos pavões Abstratos

Por isso, isso:
Árvore-Carvão
Caule-Benzina
Raiz-Celofane

O ardor da cocaína em linha reta.

A antecipação do sono
                    em mesclas
                                        de morte,
calafrios, formigamento,
                    negro-todo-verde.

Seixo-Pagão; Cristandade Acidental,,,

Seixo-serpentina caminhai ...
... o acaso já perdeu tudo.

A Dois. Tanto faz, tanto fez
agora, sim, somos três.

Se a mais remota boneca
no caminho ditou o que sou

eu a perdoarei; a levarei
ao lixo da infância imortal.

Metáfora Simplória Para Uma Pedra De Cocaína

Era eu a própria, a toda, a rouca falésia
continuo aqui sem saber o que fazer com o oceano
com o tanto de rocha que sou a incendiar silêncios
não mais sei por que formei-me ou para que sirvo

Encosto-me na temperatura do papel
da gravidade de minhas er(v)as faz-se a escrita
ramais de vento me delineiam gota a gota
os astros sempre volteiam-me mas nem dou por isso

Sou a cerimônia sem nexo a fervilhar de tempo
por isso há ainda aqueles que leem poemas
ou buscam significantes que jamais existiram
por isso aprendi a deixar o sol morrer às escuras

Life Is A Pigsty, Não É Mesmo?

Só me resta fugir mais ou quanto-mais-ainda
retumbam escarpas prateadas de branco do escapismo

Sou ou sinto-me (re)torcido num lençol escuríssimo
a borbulhar como estrelas brutalmente despedaçadas

Amarro todos os meus membros na voz do céu
já atravessei o inferno do amor onde também morri

Desapareço até cegar-me dessa pocilga chamada vida
nunca essa mão do arco-íris soube como estancar...

... o sangue
surdo
da dor

Rito Sem Rumo Dentro De Um Co(r)po

Os (v)id(r)os em (g)ritos,
cerimônia de medievo privado
(p)assada na forma-orla
(dev)a(s)tada em *ocreangústia*
cacos em chiliques nublados;
é quase uma turmalina moída
a tintura   sem direção.

O Faquir Da Cachoeira

A fala do rio, arfar-(circu)lar
treme ao (re)luzir o cântico da pedra
a pronúncia do sossego sem al(m)as,
sem (satisf)ações à carência da relva.

A corrente sempre busca a queda;
é esta a (sens)ação de existir,
cair no brejo onde o olho abstrato
(trans)forma o giz em lírio-anis.

Alquimia Em Inscrição Velada

Ao (des)ca(m)pado (sec)reto-tédio
escondo um (sudá)rio de sol,
(m)al(h)ado de perdas & (resig)nação.

Sei perder-me nessa pa(isa)gem construída,
humana a balbuciar suas so(m)bras
(s)al(g)ada por (p)er(d)as sem (salv)ação.

Quase-Sinfônia Nas As(túri)as

A (c)idade (olvi)dada, Rodesilla
(est)ava a (f)ritar (m)ais e (nad)as
(dever)ia ficar sempre aqui (!)
para (e)s(p)er(ar),
doce (serr)ar;
ou(t)ro-tipo

de morte (!)

CAPÍTULO TERCEIRO:
OLHOS DE TRAPOS
& ILUSÕES DO MAR

Saliência Freudeana Com Retrato De Cristo (No Varal)

Locomotiva-transtorno
Velocidade-céu
Foi-se-foice
Mais-maioridade
Relevo-conclusão

Evangelho em leilão
– para sempre foi assim –
Cristo anda no sonho
Ergue-se a manhã do vício
Flora do coração branquíssimo

Bonecas Que Regressam Do Útero

Sinos em corrimões de platina
baba em ba-ba-ba-te-dei-ras arteriais
as veias das frontes em supra-relevos
apitos no interior de bonecas medievais,
entretanto, nada, nada se ouve
além dos sinos em corrimões de platina
que ficam a carimbar hemorragias

entre a aparição da infância toda nua
e
as bonequitas que habitam o fantasma >

. da .
. droga .

Tomografia Da *Overdose*

Gasóleo-santuário
a substância
do sorriso
da rocha

Enzima-loucura
o silvar
da cobra
de areia

Temperatura-cassiopeia
o lustre
do quarto
sem paredes

Querosene-galope
o chão
quando anda
descalço

Taquicardia-prólogo
a cachoeira
                contra
                          o espelho
                                      de
                                         si
                                           mesma

Misere Mei, Gregorio Allegri, Em Polifonia

Se essas vozes em nove partes polifônicas
desde 1633 pudessem me salvar da ineficácia,
desde o papa Urbano VII reverter-me em punhais.
desde o *Tenebrae* da capela transmutar-me em coragem,
eu não seria essa Mãe rutilante de Silêncio
ou esse Pai fulminado de palavras pisoteadas,
mas o aprendiz suprassassino da vulgaridade

da boneca-filha
de toda uma vida.

Retrocesso Com Neblina De Ouro

Fomos todas as camélias sem significado,
os andaimes soterrados em rios imaginários,
a procissão das lagartixas que andam ao contrário
a densa doçura do parafuso de papel,,,

,,,em resumo, vagueio com uma bonequinha,
Ilíada particular da Demência constrangida,
saliva-saúva de ar ressequido,
dela, falésia-precipício,,,

princípio da fúria dos inacapazes,
ao pôr do sol sem noção da tarde.

Flash Figurativo Da Substância

O fôlego molecular ruge em talagadas,
pancadas de carbono-ou-cruzes na aorta;
ofegam lacunas e vírgulas do peito em dó maior
a cabeça diamantífera instala-se na garganta,
reluz feito cometa em júbilo no equinócio,
arde tal-tanto em bicicletas azuis de Júpiter,
a descer-e-subir em velocidade de gelatina,
por enquanto é toda-essa, a matéria

a dissolver-se sem mesmo dar por isso.

A Doença Em Círculo

Irina, Irinita, Ira-então, meu tanto-de-nada:
qual cirrose traduz a alvorada do breu?

Perdemos, perdemos demais, não foi, Irina-ida?
Escrever no limo nos daria a água do remorso?

Que acabe todo esse linho de fibras de terra (!)
Mascai a cocaína, olhai-me desde a falésia negra

Sejais de novo, alfinete em ponto, a boneca
que nunca serviu para porra nenhuma.

Sem Santos

Sublimar-sublimes
Solar-sentidos
Sem-sabre
Selva-solidão
Semente-sintaxe
Subterrâneos-solidez

Reinado Em Raio-X

O domínio do vício é um espetáculo impiedoso
há todo um aprendizado entre mártir e martírio
não é à toa que há um momento de cabal entrega
onde não se faz mais nada além ou aquém disso

Não interessa mover-se ou dirigir frases a alguém
há toda uma precisa técnica em adentrar o isolamento
a exatidão em solidificar células mortas do abandono
a vasta renúncia a quaisquer atos de distrações

Custa imenso chegar a esse ponto sem pontas
é preciso muita coragem para morrer dentro de si

Auto-Destruição Em Princípios Simbolistas

Assomo desmedido a fuga ao rés-do-roxo
dissipações reluzem em perfume transparente
inicia-se a prece das trevas mais íntimas
o escaravelho de cristal hidrata a origem
o refrigério augusto anuncia a ilha invisível
confins de céus pisoteiam o arroxeado-sombra
alpendre entre os olhos com pregos de luz
narinas cegas anestesiadas por alfinetes descalços

tantos dias se parecem ao Dia
de um adeus sem gesto

Conclusão Recíproca

Surpresas emanadas do abismo têm unhas de crepom

o farfalhar ébano da terra orvalha a carícia da perdição

a doação da caligem mitiga segredos além da razão

aprende-se a não conseguir ou desejar mais nada.

O mundo, por fim, passa a ser um barato deveras estranho
a consciência, calmamente, dita as regras de não mais <<<

pertencer. <<<

Aleatoriedade Da Cor Sem Mais Cores

Torpor-Costura
Fuligem-Desaparição

Alucinatória Geometria.

A Raiva Incandescente do preto.

Febre-Jasmin
Palpitação-Borrão

A visão é um barato que já não existe.

A Abstração sorri em *contrarelevo*.

Pelda B Para A Anatomia De Um Amor Desconhecido

O negro-branco, o cinza-iluminado
o alumínio-rubro, o rubi em azul pisado
ângulos calados, uniões desunidas

Sistema modular, falésia-futurista
roxa-cocaína, alçapão no deserto vermelho
celeste-escuro é o fundo de tudo

Diamante mui-amarelo em nanquim transparente
criação da gramática para acordes abstratos
escrevo em zaum a brasa de meus olhos

Transracional derretido, alçadas todas as sombras
reluz a adjacência da brancura liquefeita
boneca-barroca queimada por tanta infância

– Fato de ilusão óptica a neve verde
com que invento, sedimento
um sofá de giz para os olhos do amor incolor —

Simple Guide Psychogeographique For Irina Gatty

Contigo queria viver na *Cité Polychromé*
a caminhar pela fala das cores
a diluir a dimensão dos gases de cristal
a dilatar a peripécia de teu lábio de ouro.

Ser assim a inaudita terra de espuma
as saliências sagradas das aves acrílicas
nós, enfeitados de ilhas e falésias de rum
perdidos na integração do mar de topázio.

Pluma Incinerada Com Tinta A Óleo E Lava Cítrica

Odor-marfim
vaivém do desespero
toldo-de-mim
perdição do desassossego

Marfim em flor
desespero-oração
toldei-me em dor
desassossego e perdição

Lembrança De Rilke Na Cadeira Da Sala Vazia

As rugas do outono
– oh vaivéns de chumbo –
são raízes de trevas
em vagões abandonados,
pés selados
em sapatilhas de gelo;
vento impressionista
no descampado de nós
com um piano de alcaloide
ao demasiado longe
a aferir a dor
o direito de ser
o cinza das cinzas,
o orgulho mais obscuro
da desolação,
os abismos das tardes
onde Debussy
sentava-se para compor
o repúdio

e os prelúdios
                    que nos ensinam
                                        a morrer.

Pormenor De Loucura (Com Boneca Ao Colo)

Um alce de Ar
velozmente aqui passou >>>

! retirou do baú da dor
a cor secreta, convexa

para levá-la ao inferno,
lar de torturas sem dinastia.

Oh *escuragonia* que me faz ver alces
onde alces não existem,,,
mas incidem como cântaros
nestes destituídos pântanos

(sem fim)
                    de mim.

Impressionista Visão Durante *Overdose*

Transporto-me com seu rosto
ao bosque de *Fontainebleau*
(pronunciado por Monet),,,,,,,

– nós dois, (colo)ração
de Luz Impossível
sob a maré baixa em *Trouville* –

Teu coração a latir
– tal tronco de árvore –
em la *Mare-Au-Clerc*
seu cílio a voar
na praia de *Saint-Adresse*
a carpir, diluir
o ar da água de *Honfleur*

Silêncio de grito-vidro
ao clarão da lua de março de 1864
– impressionista em gel-delírio –
com partida-arruinação
ao mar baunilha de *Le Havre*
a carregar anotações das ilusões
pescadas na maré baixa em *Trouville*

– teu prateado-pulsar a me fitar
tal uma agulha-de-sangue
tinta-vinda do *Porte D'Aval* –

... mais tarde andaríamos como lenços
pelas desoladas ruas de *La Bavole*
serraríamos o *Sena*, perto de *Vétheuil*
– oh arranhões de criança-onça –

///

Ao regressar, de mãos (se)dadas,
seríamos o vento-múltiplo,
final, salitre-fatal
da inundação parisiense de 1881.

Olhar-Marienbad

A seda da sedução, olha
consola, estiola, assola
a simultaneidade da pedra
(sec)reta em livre queda
a revelar-se, lavar-se, Arte;
destarte, a perdição da fera
nivela, encera, esmera

entretela

/ entre o desejo

& fantasmas que habitam Marienbad /

Fotolito Das Alturas/Falésia 17, Pechón; Cantabria

Tapete-cilibrina
claridade-carnificina

(enforcar-se ainda mais,
descosturar a derme
das cenas (ex)traídas
In Einem Jahr Mit 13 Monden

(fui-fiquei).
(as bonecas são imortais).

Ainda não estou.

Serei medalha de todos os (s)idos.

(Desig)nações De Colapsos Com Paixão Ao Fundo

As vísceras sorvem a noção do extirpamento
raízes de sangue deslocadas, em suspiros
desarraigadas, as mãos tremem muito altas
o lustro do coração tomba, amputado
cortado todo qual ferida entre os olhos
cegos de ciúme na cal que incendeia-se,
o cimento também se desfaz;

eu que venho de artroses perpétuas
sei, sei mui bem de tudo isso
e não tenho medo de sofrer muito mais
agarrado firme, em vime, nas tuas luvas,
saúvas imprevisíveis, na negra asfixia
sangria oriunda do calor geladíssimo
dos e(n)xames da droga, vendaval me espalma

no escangalho da alma.

Lágrima Roedora

Soluçar aluado a al(m)ag(am)ar a miséria
marulhar do nada num alçapão ao peito
a pancada sobe a (a)ci(men)tar lagos cerebrais
arde a reptilínea sinfonia dos mortos
porque os mortos são (ch)amados pelo vazio

a festa que fazem dá-se no sangue, sem a hora,
afora de um corpo envergonhado
        envergonhado de estar vivo.

Scorpionfish
--- (es)sence of (me)l(t)ed cocaine ---

(Terr)ível (rede)moinho de fascínio,
tal peixe na (tr)a(ns)parência
                                        do próprio peso

nas funduras do (tr)aço, o grito mudo
(cong)regado em beleza linear,
                                        (ra)mais-escamas

____

congelado em (ar)dor-(in)verso
                                        do gelo

(____)

o (z)elo da temperatura (sus)pensa

onde marte em aquário, contempla.

Fulgurância De Vórtice Solar

Deste brilho trago (o) (l)a(d)rar (d)o (cl)aro
máximo (e)m (sua) man(e)i(r)a de cegar
/ aragem branca de vândala /
(lar)anja de (t)an(t)os-(arquipé)lagos
trajeto-(clar)idade com as mãos do sol
a lav(r)ar (m)ais e ainda (m)ais
a (des)montada infância das (t)antas-bonecas

a arquitetura sem qualquer cidade

Navio De Pálpebras Muito Abertas

No cas(c)o (qu)ente do pensamento
as ma(r)cas ficaram surdas
não, não mais sabem
com qual nua doçura
(ass)o(p)ravas meu nome

Era na superfície plana da (pa)lav(r)a
o reflexo-(lâ)mina da tua vogal
(perplexi)idade do (aque)cimento gelado
agora a (form)atar
a saudade sem abrigo

Cai-(mi)n(g)ua a certeza desse amor
que nunca regressará em meus braços
mas quando a consoante deita-se
para sempre inscreve-se
fincada (ingr)essa

na solidão dos mortos

Pluma De Ema Tatuada Num Poste Na Andalucía

Engato a (l)em(branç)a de (V)oz em (derre)dor
marcha-ré trans(c)e-dental até (morder)iscar a medula;
o ouvido da cam(éli)a (a)colhe tuas sílabas
e nem Deus conseguiu (de)cifrar teu segredo.

É um exagero de mágoa fitar a memória-a(ce)sa
atravessá-la como nu(n)ca (se) atravessa a falésia
(im)possível (trans)posição, oh silvo de Rocha!
oblíqua a saudade, oh cas(tiç)a(l) de Areia!

Paralém do cenário-cera, ah (po)ema que quer morrer
na frente de todo esse (te)at(r)o de (sens)ações (!)
ao (a)la(ga)mento de tudo que jamais foi dito
com as sirenes do sangue (estraç)al(h)adas

numa estreita vala, ela, tatuada num poste em Granada.

[índice das imagens]

alicia burrieza zapatero

espanhola, natural de Madrid, é escultora, pintora, ilustradora, desenhista, performer, DJ e especialista na arte das máscaras. Artista multidisciplinar e dedicada a arte por décadas. "Para mim, a arte é uma forma de expressão. Gosto de comunicar através das artes, sentimentos que provoquem uma rea ção no espectador. A arte tem que provocar".

FOTO: SILVIA DE LA FUENTE

■ primeira edição
■ julho de 2022